AF337539

ODE

A LOUIS DAVID,

PEINTRE.

A LOUIS DAVID,

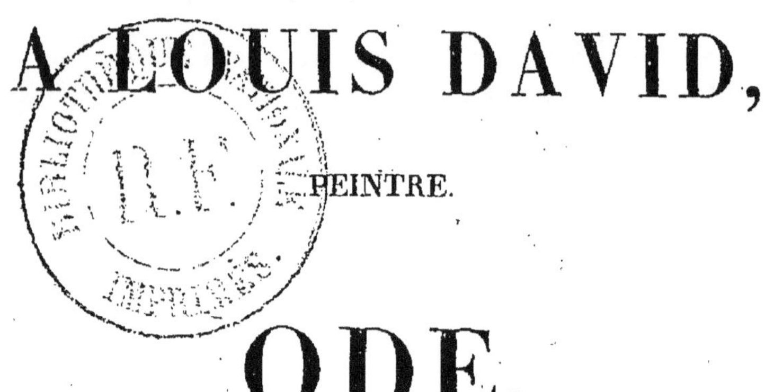

PEINTRE.

ODE,

PAR A. BÉRAUD.

PARIS.

ALEXIS EYMERY, RUE MAZARINE, Nº 30;

PONTHIEU, AU PALAIS-ROYAL.

BRUXELLES. — DEMAT, IMP.-LIB. DE L'ACADÉMIE.

AVRIL 1821.

ODE

A LOUIS DAVID,

PEINTRE.

———

Voila que trente fois, dans ses douze demeures
Le Soleil a conduit le char brûlant des Heures,
Depuis ce jour, marqué dans la postérité,
Ce jour où ma Patrie, appelant tous ses braves,
Contre les rois, unis pour forger nos entraves,
Arma la Liberté.

Déjà de toutes parts s'avançaient les orages ;

Et ces flots d'ennemis, portés sur nos rivages,

De l'État ébranlé menaçaient le vaisseau...

La Liberté se lève ! A peine est-elle née :

Mais c'est Alcide, aux yeux de la Grèce étonnée,

S'élançant du berceau.

Tels, lorsqu'en un combat enfanté par Homère,

Les Troyens, enivrés d'un triomphe éphémère,

Des Grecs, trahis des dieux, poursuivent les débris ;

Des Atrides déjà la perte est proclamée,

Et les fils de Cécrops, sur leur flotte enflammée,

Cherchent de vains abris ;

Soudain, au seuil du camp que leur fuite abandonne,

Apparaît, protégé de l'horrible Gorgone,

Achille, Achille en pleurs et les cheveux épars !

Trois fois rugit au loin sa voix inattendue,

Et d'Hector étonné la cohorte éperdue

A fui de toutes parts.

Tels, à ton aspect seul, Liberté tutélaire,
Pâlirent tous ces rois qu'ameutait l'insulaire,
Et telle on vit leur ligue expirer devant toi.
Par eux s'alimentaient nos discordes civiles ;
Ardente à nous venger, jusqu'au sein de leurs villes
    Tu reportas l'effroi.

O souvenirs sacrés ! O pure et sainte gloire !
Alors, ô Liberté ! point d'injuste victoire ;
Et vers toi seule alors s'élevait notre encens.
Beaux jours, qu'un fol orgueil honora de sa haîne,
Que ne puis-je avec vous recommencer la chaîne
    De mes jours languissans !

Je naquis avec vous !... A peine la lumière
Se glissait mollement sous ma faible paupière,
Les drapeaux des vaincus ont charmé mes regards.
Quels accens, les premiers, frappèrent mon oreille ?
Les cris de désespoir de ces rois, qui la veille
    Menaçaient nos remparts.

Liberté, dont la foudre insulte au rang suprême,
A tes pieds on a vu des fronts à diadême;
Trône, roi, dynastie à ta voix ont croulé :
Retombés tout-à-coup au niveau du vulgaire,
Des princes ont pleuré, sous un toît solitaire,
        Tant d'orgueil écoulé.

Oh! combien peu d'amis ont essuyé leurs larmes !
Sous un blazon nouveau cachant de vieilles armes,
Leurs grands se sont vendus à l'or d'une autre cour.
Qu'on oublie aisément les royales victimes !
Et quel sceptre jamais eut des droits légitimes,
        Dès qu'il tombe à son tour !

Mais ces rois des beaux-arts, ces rois de la pensée,
Dont la tête, de feux, de palmes enlacée,
Atteint de l'Hélicon les sommets éclatans,
Dans les siècles futurs, comme au siècle où nous sommes,
N'ont rien à redouter ni du sort, ni des hommes,
        Ni des lieux, ni des temps.

Eh! qui peut au génie arracher sa couronne?
Les tyrans l'ont proscrit; leur fureur l'environne....
Il règne dans l'exil, il règne dans les fers.
Souverain libre et fort, tout cède à son empire;
Et le démon sacré, dont le souffle l'inspire,
   Lui soumet l'Univers.

C'est ainsi qu'en tous lieux, toujours jeune et nouvelle,
Luit à ton vaste front ta couronne immortelle,
David, âme des arts, leur guide et leur espoir!
Du sol où tu naquis, si tu fuis l'inclémence,
Ta gloire y règne encore, et, sur son trône immense,
   Nul n'oserait s'asseoir.

Tous les Zeuxis rivaux que le siècle a vu naître,
Tous ces maîtres fameux, disciples du grand maître,
Devant ton nom proscrit courberaient leurs lauriers;
Et vers ce char d'exil où s'assied ton vieil âge,
Leurs vœux indépendans et leur pieux hommage
   Voleraient les premiers.

« Des arts, te diraient-ils, la splendeur et la vie

» S'éteignaient ; à nos mœurs la palette asservie

» N'offrait plus au pinceau que mensonge et qu'erreur.

» Tu parais ! A ta voix, et sous ta main savante,

» L'art s'éveille et grandit, et la toile vivante

        » Reconnaît son vengeur.

» Des siècles entassés soulevant la poussière,

» Docile à ton appel, la Grèce toute entière

» De ses doctes travaux vint t'ouvrir le trésor.

» Infatigable amant des antiques merveilles,

» Tu les conquis ; et l'art, enrichi par tes veilles,

        » Revit son âge d'or.

» Du grand homme exilé, beaux arts, belle patrie,

» Séchez les pleurs ! objets de son idolâtrie,

» De lauriers et d'amour parez son souvenir.

» Et nous, qu'il entoura des rayons de sa gloire,

» Que ce cri de nos cœurs, ainsi que sa mémoire

        » Traverse l'avenir ! »

S'unissant à leurs voix pour venger ton génie,

Oh ! si mon luth, brillant de verve et d'harmonie,

Soumettait les destins à ses accords touchans !....

Alors s'accomplirait ma plus chère espérance ;

Devant tes pas, David, les portes de la France

    S'ouvriraient à mes chants.

Alors, foulant en paix cette terre adorée,

Comme en tes plus beaux jours, ta vieillesse inspirée,

Brûlante, s'armerait de généreux pinceaux ;

Et, fidèle à tes pas, la muse que j'adore,

L'auguste Liberté triompherait encore

    En de nobles tableaux.

Laissons au Vatican, à ses splendeurs austères,

Anges, démons, martyrs, miracles et mystères,

Et saints, et croix sanglante, ornemens des autels.

Prêtres, si vous cédez à la raison des sages,

Dans le temple des arts, n'offrez plus ces images

    Au doute des mortels.

Des pieuses terreurs la source est épuisée ;
De l'enfer des chrétiens et de leur Elysée
Les sentiers, trop battus, n'étonnent plus nos yeux.
Fils des arts, désormais, cherche un autre domaine...
Et ne mesure plus à ta faiblesse humaine
   La majesté des cieux.

Ah ! réponds à nos vœux et qu'un seul nom t'inspire,
La patrie ! Et, rival du glaive et de la lyre,
Que ton libre pinceau serve nos droits mourans ;
Suis, à pas indomtés, le siècle qui s'avance
Comme un géant superbe, en demandant vengeance
   De vingt siècles tyrans.

Tel on t'a vu jadis, ô David ! ô grand homme !
Quand, plein de la pensée et de Sparte et de Rome,
Tu vouais ton génie à leurs mâles vertus ;
L'amour de la patrie a guidé ton audace,
Et lui seul évoqua l'âme du vieil Horace
   Et celle de Brutus.

Oui ; tu lui dois, David, tes palmes les plus belles ;

C'est lui qui, t'indiquant ces illustres modèles,

Loin des chemins frayés entraîna ton essor.

C'est lui qui, te suivant aux rives étrangères,

Charme de tes destins les rigueurs passagères,

Lui qui t'enflamme encor.

Père des grands exploits et des nobles pensées,

Amour de la patrie, aux muses délaissées

Viens rappeler aussi quelques chants d'autrefois !

Trop de fers ont pesé sur le fils de Latone........

Et des hauteurs du Pinde, ainsi que chez Bellone,

On fait trembler les rois.

FIN.